이땅의 시인 ③ 趙漢豊 시집

바람의 입술

꽃의 형상을 하고 있는

너는

뉘의 넋을 사르려는

침묵의 응시더냐

풀길

차라리 덫에라도 걸려 쉬엄쉬엄 갔으면 싶다

20세기를 마감하는 해에 문득 몸을 세워보면 징검다리도 없이 아득하게 흘러가는 세월에 모든 것이 몹시도 빠르게 사라지고 말았다. 아침의 빛살도, 어제의 웃음도, 이웃의 친절도, 파르스름한 사랑도 말이다. 이제는 차라리 덫에라도 걸려 쉬엄쉬엄 갔으면 싶다.

그래서, 그간 푸른 바다를 향해 외쳐 보았던 되돌아오지 않는 망망하기만 한 메아리에 대하여 이제 귀 기울여 보기로 했다. 그 많은 시간을 할애하면서 나는 무엇에 그토록 집착했었는지, 사랑했을 때와 슬퍼했을 때, 괴로움의 시간과 희열의 순간을 어떻게 노래하며 살아왔었는가 새삼 돌아보며 50여 편의 시를 가려서 처음으로 「바람의 입술」이라 이름하여 시집으로 묶어 보았다.

〈1. 고향〉의 시편들은 고향에 대한 그리움과 유년시절 등 대관리 소장이셨던 아버님의 부임지를 따라 여러 등대 섬을 옮겨다니며 느꼈던 바닷가의 서정과 많은 시간을 부모님과 떨어져 살며 그리워했었던 양친에 대한 사모의 정편이다.

〈2. 枯死木〉에서는 생명의 시작과 끝남이 반복되는 우주의 향연 속에서 작은 존재에 지나지 않는 인간의 삶에 대한 허무와 메아리도 없는 이승 저 편에 대한 귀 기울임들이고, 〈3. 바람의 입술〉에서는 사랑했던 이들에 대한 이별의 향기, 아쉬움, 그리움, 기다림의 시간을 노래한 시와 쓸쓸히 지나가는 여정의 풍경을 스케치이다.

〈4. 뿌리〉는 어디서 떠돌거나 어디에 있거나 인생 여정의 좌표인 고향의 짙은 흙 내음과 동남쪽 서라벌 들판의 주인이였던 신라인들의 향내를 노래하였고,

〈5. 들〉에서는 이승의 불꽃이 지펴지면 거부할 수없이 살아가야 하는 생명, 그 끝은 허무이고 그 허무한 삶의 장 속에서 살아가는 인간 양식에 대한 의문편이다.

〈6. 개화〉는 긴 시간 아름답게 덮어진 전설도 진실의 실체는 지극히 우연하게 탄생한 생명의 이야기이고 그 생명이 살아가는 양식도 다른 생명을 해치고 끝내는 자신도 모르게 자신을 해치게 되는 삶의 욕망 또한, 극히 자연스러운 현상이라 이야기하고자 했다. 그리고 천지창조 신화의 이야기와 이 땅의 주인으로 점지된 인간의 탄생을 노래한 것이다.

이와 같이 시편을 모아 시집으로 엮으면서 많은 생각을

해보았다. 나와 관계된 사람들, 그 만남과 헤어짐이 만들어
낸 삶의 흔적으로 나의 존재가 확인되었다.

　그 많은 분들 중에 특히 먼저 생각나는 잊지 못할 두 분
은사님이 계시다. 시인이 되기까지 문학의 혼을 일깨워 주
신 이재철 선생님과 이동희 선생님께 감사드린다.

　끝으로 작품평을 해주신 이수화 선생님과 이 시집이 엮
어지기까지 수고를 아끼지 않았던 분들, 그리고 사랑하는
아내에게 고마움을 표한다.

1999년 오월
버드내 언덕에서
저자

차례 ─────────────────────────

3. 바람의 입술

5. 들

6. 바람과 흙

1. 고 향

고 향

내 귀 한 쪽은 늘 젖어 있다

어머니 하얀 이마
골 깊은 이랑을 마냥 넘실거렸던
들판의 푸른 이슬

도시의 둥지 속에서
돌아누워 본 서쪽 들 끝
바람 소리에
몸을 세우면

수 천
부름의 물결로 밀려와
부서진다

어촌 일기 1

1

눈뜨면
늘 어머니 편물기 소리가
은은한 바닷가에서
해류의 맥을 짚고 계셨지

우리들 눈빛으로도
조금은 더 푸르게 물들인 바다
그 바다에서 바람이 일면
닻을 걸어 출어를 하신다 하셨지

바다를 일구어
바다에서 씨 뿌리는 이는
바람소리 하나 놓치지 않는 귀를 가졌다
바다를 가꾸어
바다의 열매를 거두는 이는

노을 한 조각 놓치지 않는 눈을 가졌다

달과
별들의 움직임을
헤아리는 밤에는
안개 자욱한 기침소리

2

밝아오는 새벽 녘
장대 끝에선 오색 깃발 나부끼고
갑판 위에선
그물코의 해초잎을 뜯으시며
바다의 동화를 엮고 계시겠지

바닷속에도

치솟은 산과 산
열려진 들이 있고
바닷속에도 언덕과 계곡
그 사이
흐르고 있는 강물이 있다는 것을

우리들이 잠들 적에
이 바다에서 바다 저 끝
수 길 물 속에서
은어 떼의 수맥을 캐고
파둥거리는 사금파리를 건지다
엊그제 꿈속에서 본
용궁의 여의주
뚝, 뚝 떨어지는 그물을 당긴다

3

해안선
자갈밭을 밟으며
저 편으로 발돋움하면
바닷가에선 물구나무 섰다가
자꾸만 쓰러지는 바람과
어두운 밤을
서낭당 촛불로 야위신
희끗한 어머니 얼굴

어머니—
정화수론 피나무 숲
한 줌 바람이라면 어떨까요
저 너머 사람들은 땅속에서
황금을 캐고
우리는 바닷속에서 식량을 건진다

저 건너 사람들은 숲에서

푸른 과일 거두고

우리는 바닷속에서 싱싱한 생선을 건진다

어촌 일기 2

1

동트는 모래 언덕
동백숲을 헤치면

밤새 손질하시던
낚시줄 물레소리가 아른한
바닷가에서

하늬 바람 한 폭
적삼에 여미시며 저울질하시는
어머니 모습

하늘 아래 땅 끝과
바다 밑 땅 끝에서
은밀히 속삭이는 물결소리
가만

엿듣고 계셨지

썰물에
바다 밑으로
바다 밑으로만 드러나는
숨겨놓은 벌판
하늘과 맞닿는 순간을
기다리고 계셨지

2

바다를 가르며
수평선까지 펼쳐지는 검은 흙
바위산과
계곡 사이 흐르는
바다 속의 강

검붉은 바닷풀 언덕 너머
갈매기 깃치는 갯밭을
물길 쫓아 치달리는
걸음

저희들 눈길이
저 편 뭍으로만 설레이는
영근 꿈 이랑처럼
출렁이는 뻘
물 고랑에서
주렁주렁한 조개를 건져올리고

자맥질한
열길 물속 푸른 해초잎을
한아름 거두어 이신
소금 서린 어머니 이마

어머니-, 하면
메아리도 없는 서쪽의 노을

성 묘

푸르게 흐르던
가난의 맥박
봇짐 풀어 놓았던 산천

남향받이
조부의 묘소에 돌아와
잡풀 깎고
덜렁 흙에 누우면

젯상에 곶감 훔친
노여움처럼
황혼이 지고 있어

가슴에 드리운 어린 시절
수 놓인 갈포 벽지
흥건히 염분이 솟는다

티끌 같은 인연

얼룩을 씻기 위해

이처럼 눈시울 적시나

타향살이

귀 한 쪽은
항시 비워 두어야 했다
바다 소리 한 채 뒤척일지 몰라서

한 쪽 눈은
늘 열어 놓아야 했다
물새 한 마리 찾아들지 몰라서

먼 도시에 둥지 틀고
바다 아낙인 어머니 모습
석양을 바라본 지
몇 해인지
벌써 머리맡은 서리가 내리나

흙 부리 한 웅큼 움켜쥔
타향의 모판
정말 아픈 것은

지척이면서 발길 닿지 않는
그리움 뿐이라

벽 지

더부살이 찌든 때
다 밀어내고
눌변 토해 기워 놓았던
일상의 누더기

갯바람 비릿한 풀 쑤워
도배하는 날
잠을 이룰 수 없었다

가난의 세월
어찌 다 헤아리며 살랴
넘실대는 물굽이
이랑마다 포개 싼 쪽빛

아내의 입 덧
아른한 일몰에
가슴 한 쪽 벽 헐어내던

바다

나는

조상의 피
한 점 한 점
찍어 바른 피륙
눈 뜨면
나의 살 한 점 없고
그대들이 섞어 놓은 혼
아무리 보아도 붉다

새야 새야

저 언덕에서 날 부르네
하얀 풀꽃
휘휘 저으며 어서 오라 하네

한 날 한 시에
뿌려놓은 씨앗
움터서 자라난 싹을
보자 하시네

예닐곱부터는
할아버지 손을 꼭 잡고
서녘의 노을 속에서 나는
벌겋게 벗은 노루 능선
나팔소리를 들으며 자라야 했다

이승에서 몰아쉰
마지막 숨으로

반쯤 열어 젖힌 저 세상의 문
틈새에서 쏟아진 서너 말의 햇살로
못자리를 삼겠다 했다던
증조부의 시신도
이 황토현 진토가 되었을 것이라 했다

아아, 그 날
절반쯤 열어 젖힌 문 밖을
빗질 하시던
울먹한 할아버지의 파랑새 노랫소리

어렴풋한 새벽
머얼건 도시의 하늘을 지나
어머니가 싸주신 소반을 들고
저 언덕으로 달려가네

노인정

시정의 가난에
절여 있던 몸
치솟은 탐욕으로 달구었다가
차고 어두운 팔자
눈물에 담금질했던 세월

흠집투성이 오기로
파랗게 날을 세워 놓은
눈빛

비록 지금은
쓴맛 다 가신
회색의 웃음으로 감싸고 있지만
풍문에 술렁이는
황혼의 숲

케케묵은 과거의 현장을

한 켜씩 도배하는
빛깔보다야
코빼기 한 번 구경 못한
자란 자식 놈 벼슬길이
더 빛나 보이지

새처럼 날아든 편지

둥실둥실
뫼 넘어 떠나가던
꽃부리 같았던 여인
하얗게 시든 사랑의 등잔
설레임 가득한 보낸이의 이름 석자로
다시 밝혀서
사각의 빗장을 열면
고르고 고른 이랑에
곱게 뿌려 놓은 사연
질척한 고랑을 딛고
어느 숨 거친 가을의 목
이랑으로 들어서면
그 어린 날에
주고 받았던 말들의 씨앗
하루하루 싹터서 청둥오리 물빛
여울로 쏟아지는 소리의 숲
한참을

사랑의 향 다 태우고 돌아다보면
붉은 노을에
금새 그을려 있는 그대는
일순에 스쳐간
바람의 모습

2 . 枯死木

枯死木

枯

훨훨
바람을 딛고 가는
푸른 추녀 끝
뭇 혼과 함께 묻어와서

이승이 아닌
저승의 이슬로 살아가는
저 생명은

빛과
수맥의 수분조차 뿌리친
불면의 밤을
삶 밖에서 스미는
몸부림
차가운 신음소리로 전하는구나

死

수 천
이승의 앙금을 우려낸
소리의 숲

죽어서
잠들지 못하는 나무는

시작도
끝도 아닌 업보를 지고

아, 영겁의 길목에
무엇을 부정하여
이정표로 남았는가

木

일겹
어느 시름의
사슬을 짚어보면

겹겹이
쌓인 살 속에 흐르는
욕망의 도화선

가위눌린 밤에
우주의 입술로 점화된
꽃

번뇌의 계단을 오르며
그 멀고 긴
어두움을 사위었구나

촛 불

탐욕으로 둘러싼
순백의 살 속
도사린 긴장
한 점 생명 나부끼면

어두운 여울
번뇌의 늪에서 유랑하는 부표
잠시 머문 바람에도
좌초하는 몸부림

주검이 딛고 가는 자리에는
티끌 하나
보이지 않고
이승의 눈물만이 가득하구나

언덕에서

느지막한 가을날
그대들
발길이 사라져간
양지바른 언덕

들꽃은
주검 깊이 깨어나
망혼의 숲
입동의 향을 피운다

일몰 기우는 들녘
야위는 풍경소리

걸음 멈추면
돌아설 수 없는 이승의 목
몰려드는 나뭇잎

한 세상
신음 묻고 가네

들에서

절반은 죽음
절반은 생명
뿌리고 거두어 가는 은밀한
경계선

시작과 끝
어디쯤 와 섰는가

구름처럼
방향 모를 벌판에 들어서면
꽃피고 고사하는 풀잎
모두 알몸으로 쓰러지고 있었지

노을에 그을리는 사방
한 칸 벽에
기대어 귀 기울이면

씻기고
씻기어 가는 바람소리
어디서 날 부르나

꿈

무한한 허공
티끌로 부름 있을 때
아무것도
거부하지 않았다

이승의 묘약이라 하여
사랑, 눈물
가슴 깊이 재울 때도
무엇 하나 부정하지 않았다

모진 생명
저 음모 속에 사위어 가고
목숨 하나 빚진 죄로

그대
영겁의 수레 사슬에 매여
사랑, 눈물

다 토해 바치는 가혹한
형벌뿐이었다

새 벽

둥지 속 같은 세상
소리만 요란하여
산을 오르면

오가는 사람
바람처럼 차고

도시 저 끝
그대의 음모가 반짝반짝
양각되어 가는
아침의 모습

절인 걸음마다
가을이 쏟아놓은 숲 속
수북한 별
붉은 사연 하나
주어 들면

천상의 기호로 가득하여
쳐다 본 하늘
노오란 외눈박이 밤은
그 새
하얗게 지워지네

중 년

하늘에서 굽어보면
모두 티끌로 여기겠지만
삶 하나
소중히 여미고 나서

동녘의 가시덤불 헤치고
허허로운 벌판 지나는 저문 날에
희끗 퇴색된 머리
헤아려 보면

수 천
바람의 날끝이 져며낸 잎새마다
우수수 각혈하는
가을숲의 몸부림

짙은
사랑의 빛깔

한껏 우려낸 가슴
떠도는 것은
텅빈 공명소리
고사하는 가지에
영혼 한 조각
떨고 있다

도시의 아침

바다와 뭍
억겁 염원의 응집
조화의 場을

어떤 자의 집념이
너는 바위로
너는 초목으로
갈라놓았는가

자국없이 지워지는 밤
하늘 아래서
너는 탈 쓴 자의 무리라 하여
도시로 들어서면

발치 하나 차이로
그어 놓은
山寺의 종소리

귀에 담아온 자비는
어둡고
빛살 토한 아침은
속세의 향연으로 빛나고 있다

민들레 꽃씨

겨울 한동안
은은한 눈빛 속
직조하던 모시 저고리
봄에는
이승의 심지로 타서
재가 되어 흩어지면
얼굴없는 바람만이 보여요
늙은 노을 하나
바다로 쓰러지고
바다 위 눈물로
깃을 치는 넋
불꽃으로 빛나는
바람만이 있었어요

허 무

시작과 끝
어딘가를
수수께끼로 끝나는 세상
태어난 이유에 관해
바다 끝이거나
하늘 끝, 부피로
저울질 한 몸짓
완강한 흔들림은
산과 들에
한껏 쏟아 부은 눈물 자국이였다가
주인없이 돌아가는 땅
머무는 시간에 관해
길고 짧음을
나뭇잎 이슬의 모습으로 재어 본 소리
한탄한 울림은
숲에다가 퍼부은
바람의 무늬

그 뉘도
운명에 관한 한
답하지 못한 세월

3. 바람의 입술

진 달 래

시린 바람 끝에
가슴 비우고
낙조의 이슬이고 온 꽃

숱한 사연
각혈했던 입술에는
번뇌로 지새운
잔잔한 향내

그 만남도
어두움 흘러내리면
겹 속에 떠도는
허상이었던가

노을 으서지는
무언의 몸부림
화르륵

사랑 지피고 떠나네

바람의 입술 1

아무 것도 보이지 않았던 세상
가만 그대 뺨 스치면
푸른 눈으로 깨어나서
열려진 하늘 펼쳐진 들
엿보고 말았네

아무 것도 들리지 않았던 세계
잘름거리는 그대 속삭임 들리면
푸른 귀로 피어나서
숲 속 휘파람 바다의 노랫소리
엿듣고 말았네

떨고 있는 그대
품안에서
젖은 입술 맞닿고 말았을 때
순간 타오른
꽃이 되었네

기다림

사시사철
푸른 잎 돋아나서
바람의 숨결에 설레이는
숲으로
잠겨 있어야 하는 건가요

한 아름
풀어진 노을
바다 빛깔로
늘 젖어 있어야 하는 건가요

풋풋한 과일의 향으로
담금질하는 나날
밤을 지새워야 하는 건가요

그대
사랑의 불꽃으로 사루어 버릴

심지 돋우면서
살아가야 하는 건가요

바람의 입술 2

생애
오직 한 순간이 걸러낸 빛
깊은 수심에 잠기면
깃털처럼 피어오르나 떠오르면
아무 것도
아무 것도 보이지 않는
바람의 이랑

연일
들녘의 눈발처럼 다가오지만
쌓이지 않고
이슬처럼 젖어 있으나
고이지 않는 그 모습은

푸른
영혼의 물레에서
한 올씩 헹구어 올린 음률로

저 하늘에 띄우려 했으나
날지 않고
어두운 바다에 재우려 했으나
잠기지 않는 그 깊은
심연의 울림

때로는
한껏 우려낸 육신의 향으로
꽃의 형상을 하고 있는
너는
뉘의 넋을 사르려는
침묵의 응시더냐

발 길

바람 따라
들어선 길
문득 스치는 간이역 불빛
부나방처럼 몰려드는
인형같은 얼굴이 싫어
등 돌려 서면
둥둥 피어 있는 하현달
구름과 구름사이
비켜서 가네

결별

저녁 무렵
찾아 온 천둥
노여움 가득 지르고
푸른 물결 넘쳐 흐른다

어제
한아름 훔쳐 온
바다 향수 때문인가

간밤은
숯불덩이 같은 이마를 이고
살아야 했다

그가 가꾸는 것
이제 아무 것도
용납할 수 없다는 것일까

한동안
바닷내가 역겨웠지만
그 새하얀 모래 해변이
그리워지는 것은 뭘까

유월의 새벽

포성이 아른한 강
그 언저리
파랗게 악 쓴
억새의 목줄기
어느 병사의 외마디였을까

대대를
살 속으로만 흐르던 핏물
흙에 스며
희디 흰 꽃 피어나기까지는
그대가 주신 혼백
다 가신 뒤였을까

동란의 숲은
그늘에 잠겨 있고

단풍

그대
연지 입술
일렁인 자락마다
노을 흩뿌린 벌레소리

가을의 문틈에서
심지 돋우면

찌찌-찌
까맣게 타버리는
가섭의 미소

한 치
삶의 여백없이
나락의 부호로 가득하네

낙서

온갖 물상에
쳐 놓은 그물
출렁이는 상념의 바다

인생의 추 달아
드리운 촉수

삶의 여백이라 하고
혼의 입질 감지하려다가
불면으로 시달리는 밤

시름시름
저승의 문턱에서 사라진
번뇌의 발자국

풍경

저문 강변
우리는 그렇게 만났지

금빛 으스러진
종소리의 앙금과
초가을 해가 한 모서리
짓누른 바다

날개 없이
오를 수 없는 불붙은 하늘
달은 뜨고 있었지

이 세상 마지막 끝처럼
바다를 베고 누워버린 들길
서둘러 들어서고 있는
아이의 모습

4. 뿌리

가을

이마의 땀
흙 소매로 닦으며
더위 속의 푸른 열매
삼복의 매듭을 풀고 나면

숲에서 저며 온 바람
가득 이고
속살로 가만
다가선 가을

이승의 틈새로
밤새 엿보면
얼굴 붉히도록 폭 안고
사라져 가는 향내

파종

산정에서
이 고을 눈 여겨 볼 때
가슴 깊이 여며 준
초록의 불씨

질퍽한 흙에
지펴온 혼을
올해도 잠든 다락에서 일깨워
몇 줌 흩뿌려 본
모판

바람은 가고
가만 움트는 이 세상
숨소리
귀에 담으면 설레이어
잠 이루지 못하는 날

하늘은
흰 소매 나부끼며
저 들판
새파랗게 불사르던
할아버지 고함소리와 소스라친
새 떼의 파문이
출렁거리고

들녘은
햇살에 타오르는 노란
가을의 향
벌써 가득한 듯하여
봄부터
발돋움 하나보다

뿌리

씨 뿌린
메마른 터를 살피다 보면
진정 사랑스러운 것은
새벽을 헐고 돋아나는
빛살 영롱한 이슬 묻은 잎도 아니고
땅의 별로 솟는 붉은
향 잘름한 꽃도 아니고 그것은
바람도 다다르지 못하고
소리 하나 잠길 길 없는
더 없이 어둡고 차가운 흙 속
지순한 살로
한 생명 길어 올리는
그 길고도 가늘기만 한
올

가을무

팔월의 땅을
평평하게 고른 이랑에
흩뿌렸던
꽃 피지 못할 씨앗

가을에는
파랗게 부르짖기만 하던
무청
입동의 향 피울 쯤에

한 채씩 뽑아
흙 털어 보면
크고 작은 것 하나같이
푸른 물결이 일고 간
하얀 속살

해지는 들녘

한 아름 지고 일어서면
등속으로 밀려오는
가슴 벅찬 숨결
푸른 하늘 아래
다 같이 뿌리 내린 몸
삶의 흙을 털고 있었구나

끝

산에 오르면
바다는 저 끝이였다

바다 끝에 서면
그만큼 또
멀어졌던 기억뿐이라서
하늘만 쳐다보았다

깊고 투명한 빛
그림자 하나 지지않는
길

부친수필

어머니 적삼소리가 은은한 숲
한 걸음
다가온 듯한 밤이면
강가에서 자맥질하는 별로
바람의 맥을 짚고 계셨지

언덕에서부터
아른하던 기침소리
온 들을 적시는 아침까지는
노을 깃든 바람의 깃 폭
하늘의 숨결을 가늠하며
물꼬를 다듬고 계셨지

산너머 저 사람들이
검푸른 바다를 가꿀 때
우리는 검붉은 들판을 일구고
저 사람들이 물 속에서

파등대는 생선을 건져 올리면
우리는 흙 속에서
흙이 토해낸 곡식을
거둔다 하셨다

땅에서 부화되는
푸른 넋 한 줌으로 살아가는
마을에서는
하늘에 드리워진 온갖 뜻을
헤아려야 한다 하셨다

서라벌

1) 일오천

그대 눈빛
굽어 가던 일오천
어디에

환한 대낮
절인 발 담가 보면

은하의 푸른 조약돌
자박자박
밤을 딛고서

이승까지 따라 온
반달

2) 봉덕사

살 한 점
흙에 묻지 못하고
넋이 마르기 전에

끓어오르는 쇳물
용솟음 친
혼백의 앙금

타종하면
청동문신 천년을
헐고 나와 통곡하던
사내아이의 폭죽

한 마디 어미 말이
천형의 죄였던가

무엇이 열반이고 황천 비명은
그 무엇이던가

서라벌
산메아리로 내 비친
뿌연 새벽

3) 포석정

바람 끝에
묻어 온 넋이
함께 머물다 간 들

귀한 몸 태어나서
가혹한 욕망의 뿌리
몸부림 친 흔적

94

피 뿌린 순간에도
영원처럼 살았구나

억겁의 여정에
부귀영화
탐욕에 물들었을까

여울진 노을
천 년 낙수로 떨어지는
가얏고 소리

4) 가야금 산조

높고 낮은 이랑
푸른 소리의 숲

초생달 엿보는 밤에
귀 기울이면 기울일수록
가늘기만 한 선
끊어진 듯 이어진 듯
뽑아 가는
순수의 올

열두 타래
혼의 물레에 감기어
다 털어버린 육신 끝에선
소리의 피륙으로 일렁인다

5. 들

민들레

그대 이슬로
살아가는 들

바람 중에
묻어와서

한 치 목숨
사르고 있는 불꽃

짙은 울음
한 번 각혈하는
순간을

깃 치고
흩어지는 것은
무엇인가

겨울풍경

난 여기 서서
짓무른 하늘 고사한
겨울 나무의 조문을 받아야 한다

사설하지 않고
침묵으로 동사한 강물
새벽에
제를 올려야 한다

훙건한 어둠 속
혼의 강림을 위해 향 사르는
흙이 빚은
최후의 상주로 머물러야 한다

하산 할 때부터
땅과 물과 바람과 빛을
저들에게서 조금씩 앗아왔고

불씨를 담아 왔을 때
저 하늘을 넘보았던 날들

숱한 생명 몰아낸
음모의 도시
태초의 진실은 흔적도 없는가
조금은 어리석어야 하는 마을에서는
눈이 내린다

강

시작은
뿌리 밑 인고의 응집으로
산란한 이슬

어두운 땅 속에서 더는
머물 수 없어
낮은 데로 실려 가는 몸
어느 푸른 여울에 닿아있고

늘 바라만 보던 하늘
피어나는 구름
흰 살 섞을 적마다
설레이던 꿈

일순의 격랑 끝에
조각나는 허상을 안고
지금껏 치달아 왔구나

어느 바닷가
끝은 허연 거품으로
죽고

꿈 길

들개도 짖지 않는 밤
소복으로 다가오는 사신
모진 땀으로
상봉했다가
진통하는 산모처럼 깨어나면
빛살 한 자락
풀어지지 않는 벽
배어 나온 이슬은
닦아도
인간으로 누린 죄
고열은 식질 않는다

불새

1

신화의 나라
무명이던 새
어디서 왔는가

이끼조차 잠들지 않는
문명의 숲
깃 치고
이 가슴 불씨를 삼키고 있다

눈 부벼 뜨면
방향 없이 도는 풍향계

살과 뼈
화석처럼 식은 겨드랑이

고이는 건
이 겨울 시린 눈물

2

프로메테우스 불꽃
앗아간 짐승
어디서 왔는가

나는 지금
어두운 갱구 속을 더듬고 있다

원시의 땅 밑
바다 속에서
길어 올리는 검은 육즙에도
뜨겁질 않은 가슴

식어서 타질 않는
푸른 핏줄

사랑의 불씨를 다오
이 겨울 따습게 지피울
불씨를 다오

만가

무명의 넋들이
만나는 여울
모래알로 잠드는
친구는

주막 없는 황천길
멀고도 슬프다하여
술 기울인 잔 속

서늘한 바람으로 다가와서
이승을 잠시
바라 본 모습

어깨 위에
시린 진눈깨비
저 세상 소식 전하네

눈물

깃과 털
비늘도 아닌 껍질 속
도사린 넋
넌지시 섞어준 이슬

일상 늘
축축하기만 하여
말려 보기도 하고
털어 보기도 하다가

온갖 천으로 싸보아도
주름만 가는 가죽
마르지 않는 습기

일상 늘
사랑으로 달구어지면
식혀 보다가

때 끼면
닦아내다 보면
아, 만병통치

들

1

산야
몰려오던 비바람
한 아름 나무뿌리도 한때는
겁 없이 흔들어 놓았고
이따금
돌 밑 푸른 넋조차
저주한 가뭄
살풀이로 이 땅에서
뜨거운 눈물 쏟아 부었다
어머니 이마처럼 도랑 많았던 모판
아사달 산정
하산 할 때부터

2

때로
우리는 보았다
주검, 가위눌린 잠 터에서
건져 올린
눈 부릅뜬 파수병의 돌검
돌검에 묻은 짙은 몸부림을
늘 시작일 뿐
흙에 묻힌 혼의 도화선
두근두근 점화되고 있는 우주의 불꽃
피어나고 있다 우리는

인정과세

넋 담을 가죽 하나
택하라 하실 적에
그 값진 짐승의 껍질
쓰고 태어나서

흙에 묻어야 할
천상의 의복인 것을
아쉬워도 하고
두려워도 하는 것일까

임대한 시간은
정해져 있다는 것을
사주팔자
따져 보자는 것일까

이따금 거울 앞에 서면
새로 누적되는

이마의 굵고 가는 부호
선과 악
세세한 기록이 있는 것을

그가 나에게
인정과세 부과하실 적에
무슨 변호의 말
필요할까

江

지금 들리지 않는 것은
나를 유혹하려는 음모의 침묵이다

지금 보이지 않는 것은
나를 결박지으려는 결집의 응시이다

길게 도사리고 튼 여울
어제는 깊은 산에서 내려와
숲에서 짙은 숨을 토하고 있었다

매일 벗고 새로 태어나는 이슬로
뿌리 곁이나 혹은
돌 틈에서 산란하여 바다에 잠기는
그 숱한 아우성의 행렬

너른 들을 지나 벼랑 끝에 서면
포효하며 몰려가 굽이친 한 세상

115

허연 거품으로 쓰러지고

푸른 하늘 아래
방향 없이 들어선 나를
어서 오라 부르네

6. 바람과 흙

1. 고로쇠

  천둥재 천년 묵은 산신령은 별과 달이 우수수 몰려든 짙
푸른 마을 직녀의 잘룩한 허리의 하얀 살내음이 은은한 물
가에서 밤새 자맥질하던 쪽빛 별 하나가 수 천 벼랑 끝 땅
에서 떨어져 뿌리 돋아 살아난 고로쇠 나무라 했습니다.
  구름이 이무기 비늘처럼 겹겹이 솟아나고 바람이 개벽하
는 날처럼 날을 세워 휘몰아치던 그 해 가을 한껏 물들인
잎새 다 뽑히고 영원처럼 굵은 허리마저 밑둥에서부터 뚝
부러져 나가던 그 노랗기만 했던 날 무수한 씨앗을 하늘에
다 쏟아버리고 죽어 갔다고들 했습니다.

  솟대 끝 웅크리고 있던 한 점 솔개 바람이 재 넘어오는
씨앗 세 개를 물고 훌쩍 강기슭으로 내달았다가 커다란 바
위부리에 채여 씨앗은 갈라진 바위 틈새로 곤두박질 쳐 떨
어져 깊은 잠에 빠져들었고
  겨울은 가고 햇살과 빗물의 운이 닿아 있어 떡잎에 줄기
에 뿌리까지 돋아나는 작고 작은 하늘의 불꽃 다시 지펴져
바람의 숨결에도 곱게 흐느끼던 푸른 입술

한 해는 바위 틈 흙의 품속에서 그렇게 지새웠습니다.

해마다 가지를 치고 잎을 틔우면서 서로는 볕을 가지고 다투게 되었습니다. 이슬 한 모금에도 뿌리는 뿌리끼리 흙 속에서 힘 겨루며 뒤엉켜 두 개의 생명은 그만 고사하고 생명 하나는 그 주검의 힘으로 바위 틈새를 힘껏 갈라놓고 곧은 줄기에 여름에는 꽤 무성한 가지를 가지게 되었습니다.

바윗골 나무들은 어깨를 견주며 언제부터인가 이웃으로 다 자란 고로쇠나무에게 '어디서 왔느냐' 물으면 드높아 파랗기만 한 하늘을 가리키게 되었습니다.

해는 거듭되고 울창해진 고로쇠나무는 우거진 가지의 잎새로 이웃의 햇살까지 막아버렸습니다. 그리고 후에는 혼자였습니다. 바람이 불어왔습니다. "웬 가지들이 못 살게 구는 거야" 한 줄기에서 뻗어난 숱한 가지, 가지에 돋아난 무수한 잎새, 이쪽 가지는 저 쪽 가지가 바람에 잘려나가기를 바랬습니다.

바람이 불어오기를 기다렸습니다.

아주 거센 바람을 참으로 원했습니다.

2. 개 화

1

처음
하나의 씨앗
시작은 내분의 갈등으로
부풀어 오른 균열
불길 솟아 터지면서부터
영혼이 되려하는 빛
형상이 되려하는 어두움
영원한 변화의 이별에서 지금
빛은 나뉘어져
뜨거운 것은 끝까지 다져지고
차가운 것은 남김없이 흩어지는
무한한 공간을
어두운 것은
쌓이며 고여서
탄탄한 흙과 일렁이는 물

둘로 갈라지더라
흙은 뜨거움을 다스려
간직하려 하고
물은 차가움을 이끌어 지니려하는
집념의 힘
일각의 순간도
멈춤이 없는 수레

2

흙에서 빚어진 살
물에 씻기어
핏물로 발효될 때까지
바람 중에 흩뿌려진 영혼
핏물에 녹아 절여질 때까지
무한했던 시간

흘러갔으리라
너는
구르는 수레
인력으로 지탱하려는
선하디 선한 모습
후로는
땅 위에서 하늘 끝
땅 밑에서 바다 언저리 아무 것이나
빛과 어두움
이로부터 나고 이루어진 것은
모두 가꾸고 맡으라 했다
만남의 염원이
하나의 점으로
다시 응집될 때까지는

3

온 누리에서
행여 그 무엇이 알까 두려워
가슴 깊이 묻은
한 알
사랑의 불씨 지펴서
삶을 데피고
온 천지에서
짐짓 어느 것이 볼까 두려워
가슴 깊이 파놓은 샘
눈물로
뜨겁게 달구어진 몸
식혀 보는 자 있더라
펼쳐놓은 들에서
산아래 강
바다로부터 하늘에 이르는

겉과 속을 다 헤집어
헤아리려는 자 있더라

4

태어나 있는 것은
어느 것이나
각양의 비법으로 살아간다 했으니
한 곳 점 할 적에
맑은 하늘은 머물 수 없고
단단한 땅 속, 검푸른 바다 밑은
너무 어둡다하여
두 다리로 버티고
두 손으로 받쳐든 세상
눈에 들어오는 모든 빛으로
그 형체 분별하고

귀에 담아 본 온갖 소리로
그 뜻 가려내더라

5

땅 위에서부터 하늘이건
땅 속에서부터 바다 속이건
있는 것은 현란한 형체로
두 눈으로 보면
어지러운 듯하고
두 귀에 담으면
가득한 허상
받쳐서 거르면
한 빛의 한 소리라
채운 듯 다함이 없고
비운 듯 끝남이 없는

사랑과 눈물로
담금질하는 가슴
빛과 어두움이
다시 하나로 끝날 때까지

포스트 리리시즘의 技法

—趙漢豊《바람의 입술》論

李 秀 和

〈시인〉

조한풍 시는 서정시의 모범답안이다. 그의 리리시즘에는 외롭고 허무한 삶의 빛깔이 어른거린다. 그는 삶의 허무함과 고독에 대해 직설하지는 않지만, 그의 텍스트가 우리에게 발신하는 언표는 신화적인 근거로서의 인간 고독이며 존재론적 허무이다. 그의 첫 시집《바람의 입술》이라는 메타 텍스트부터가 허무의 시니피앙(記表)인 「바람」과 고독의 시니피에(記意)인 「입술」이 결합한 〈바람의 입술〉 아닌가.

    잠기지 않는 그 깊은
    심연의 울림

    때로는
    한껏 우려낸 육신의 향으로
    꽃의 형상을 하고 있는
    너는

129

뉘의 넋을 사르려는
침묵의 응시더냐.

―〈바람의 입술(2)〉끝 연

　바람은 형체가 없는 것이다. 그러므로 그 형상없는 것의 입술
은 더욱 유형의 존재이기를 지향하리라. 존재이면서 현존(실재)
할 수 없는 이 모순된「심연의 울림(위 첫 연 2행)」이야말로「꽃
의 형상(위 2연 세째 행)」을 할 수 있는 바람의 역동성이다. 바
람의 입술, 그것은 바람의 힘이며, 그 힘으로 피워내는 꽃의 형
상이다. 바람에 대한 이와같은 조한풍의 인식은 그의 서정시 작
법의 동력이 되어주며 세계관의 근본식(根本識)에 다름 아니다.
그래서 그가 시를 창작한다는 것은 무형한 존재의 현현(顯現)에
전력 투구한다는 것이고, 그러면 그럴수록 삶의 허무와 고독을
「침묵으로 응시」(위 2연 끝 행)해야 한다는 것이 그의 시적 인
식이다. 이와같은 점에서 그의 시는 리리시즘이다. 이 외롭고
허무한 리리시즘이 그의 시에 비장한 아름다움의 정조적(情操
的) 아우라를 고조시키며 꿈길에서조차 인간(존재)의 고독(원
죄) 의식에 시달리게 한다.

　　들개도 짖지 않는 밤
　　소복으로 다가오는 사신
　　모진 땀으로
　　상봉했다가
　　진통하는 산모처럼 깨어나면

빛살 한 자락
풀어지지 않는 벽
배어 나온 이슬은
닦아도
인간으로 누린 죄
고열은 식질 않는다

　　　　　　　　　—〈꿈길〉全文

　적막한 밤의 세계로 인식된 현대의 상황, 빛살 하나 없는 외
롭고 허무한 삶의 존재론은 앞서 말한대로 조한풍의 가장 핵심
적인 포에지의 성향이라 할 만하다. 이 허무적 리리시즘의 핵은
바로 그의 텍스트의 포스트(脫) 서정시로 나아가는 코아가 되기
도 한다. 이와같은 조한풍 시의 응축과 확장에의 조짐이 그가
이번 첫 시집에서 보여주는 시적 태도가 아닌가 한다.

　조한풍의 이번 시집《바람의 입술》에 수록된 50여편의 텍스
트를 교정쇄로 읽으면서, 필자는 여섯 부로 나뉜 그의 시가 지
닌 시인의 작의(作意)의 정련된 언술에 놀라지 않을 수 없었다.
이 시집 머리말에 부별로 조목조목 진술되어 있는 시인의 시작
의도(詩作意圖)는 매우 진지하면서도 조밀하게 시편들의 제재
성을 밝혀 놓아서 나는 별도의 해설이 췌언에 불과함을 절감했
으나 객관성이라는 미명하에 이 글을 쓰기로 작정했을 정도이
다. 어쨌든 텍스트란 시인의 손을 떠나면 그때부터 독자의 것이
된다고는 하지만 텍스트에 직핍한 독법을 위해서는 작자(시인)

의 말보다 나은 정보도 없을 터이다. 역사주의 비평이나 수용미
학 방법에서는 조한풍의 이번 첫 시집 《바람의 입술》 제1부는
그의 언술인즉 고향에 대한 그리움과 유년시절의 바닷가 서정,
부모님 직업과 관련된 분산가족으로서의 양친에 대한 사모가 그
제재라는 것인데 독자에게도 그러한 텍스트는 쉽게 포착되며 아
련한 그리움의 정서에 젖게한다.

　　내 귀 한 쪽은 늘 젖어 있다

　　어머니 하얀 이마
　　골 깊은 이랑을 마냥 넘실거렸던
　　들판의 푸른 이슬

　　도시의 둥지 속에서
　　돌아 누워 본 서쪽 들 끝
　　바람 소리에
　　몸을 세우면

　　수 천
　　부름의 물결로 밀려와
　　부서진다
　　　　　　　　　　　　　　　　　—〈고향〉全文

　이향의 먼 도시에서 삶의 공간적 고향과 생명의 시원적 고향

인 어머니(母性)를 더블 엑스포쥬어(영화의 이중노출 영상 이미지 기법)로 묘사한 위 텍스트는 한 폭의 망향의 서경화를 확보한다. 사물이나 사건을 빌어 시인의 심정을 위 텍스트와 같이 간접적으로 독백한 것은 시라는 고급예술의 기법상 타당한 방식이며 서정시의 미덕인 조형성(회화성)을 한껏 과시한 솜씨는 조한풍 시의 미학이 비범함을 뜻한다 하겠다.

> 겨울 한동안
> 은은한 눈빛 속
> 직조하던 모시 저고리
> 봄에는
> 이승의 심지로 타서
> 재가 되어 흩어지면
> 얼굴없는 바람만이 보여요
> 늙은 노을 하나
> 바다로 쓰러지고
> 바다 위 눈물로
> 깃을 치는 넋
> 불꽃으로 빛나는
> 바람만이 있었어요
>
> —〈민들레 꽃씨〉全文

제2부에 수록된 위 텍스트의 화자는 민들레 꽃씨 바로 그다. 그가 겨울엔 씨방 속에서 민들레꽃(모시 저고리)을 피우기(직

조) 위한 씨앗이다가 봄에 개화하여 바람에 날려가면 그다지도 형적없는 바람만이 남게 되는 민들레꽃의 생명 잉태에서 죽음까지의 허무한 프로세스를 고백하고 있다. 시인의 이와 같은 간접화법은 살아 숨쉬는 이미져리의 정서 환기와 은유적 언표를 드러내보이는 데에 크게 기여한다. 봄에는 이승의 심지로 타서(민들레의 짧은 생애가 다해서) 재가 되어 흩어지면 (민들레꽃의 하얗게 흩어져 지는 이같은 은유적 이미져리는 절창이다) 얼굴 없는 바람만 보인다는 일회적 삶의 무상성 메타퍼는 조한풍시가 포스트(脫) 리리시즘에 접어드는 대목이기도 하다.

    제3부는 이미 앞서 거론된 표제시 〈바람의 입술〉외에도 위에 지적한 탈(脫) 리리시즘의 색조가 짙은 텍스트 〈발길〉이 수록된다.

    바람 따라
    들어선 길
    문득 스치는 간이역 불빛
    부나방처럼 몰려드는
    인형같은 얼굴이 싫어
    등 돌려 서면
    둥둥 피어 있는 하현달
    구름과 구름사이
    비켜서 가네

                        ─〈발길〉全文

134

이 텍스트에서 화자는 제5행 「인형같은 얼굴이 싫어」를 제외하면 개인적 발언의 톤을 억제하고 있다. 조한풍 시의 리리시즘에 어떤 변조의 조짐이 엿보이는 텍스트이다. 시인의 발길이 「부나방처럼 몰려드는/인형같은 얼굴들」의 간이역을 등지고 하현달로 향하는 서정이기는 하지만 그의 시선이 간이역의 인형같은 얼굴들이라는 민중 의식으로 전이된다는 사실이다. 비록 그러한 대상을 외면해야 하는 심리적 곡절이 의문이긴 하나 조한풍 서정시의 포스트성은 약여할 터이다. 이와같은 성향은 제4부와 5부에 한하여 크게 확장되지는 않고 있으며 연작시 〈서라벌〉의 (4)〈가야금 산조〉와 같은 절창의 미학을 거두고 있는 바,

높고 낮은 이랑
푸른 소리의 숲

초생달 엿보는 밤에
귀 기울이면 기울일수록
가늘기만 한 선
끊어진 듯 이어진 듯
뽑아 가는
순수의 올

열두 타래
혼의 물레에 감기어
다 털어버린 육신 끝에선

소리의 피륙으로 일렁인다

—〈가야금 산조〉 全文

고. 2연 제2행에서 「귀 기울이면 기울일수록」이란 어조외엔
전혀 화자의 개인적 발화가 아닌 일관된 묘사시이다. 그것도 저
김광균의 〈外人村〉에서 「분수(噴水)처럼 흩어지는 푸른 종소
리」와 같은 공감각(共感覺 synaesthesia)의 묘수를 구사하고
있다. 서라벌의 한 악사이든 선비이든 달빛을 벗삼아 가야금 산
조에 몰입한 입신의 경지쯤을 소리와 색채(繪畵)가 융합된 통감
각(通感覺)으로 묘파한 것이다. 결국 이 텍스트의 기법은 알쥬
르 랭보나 앨런 포우, 김광균이 공감각 방법으로 성취했던 상징
시법에 의거해 거둔 소산이다. 특히 육신마저 우화(羽化)된 듯
예술혼만이 충만된 의식 세계(영혼)를 「소리의 피륙으로 일렁
인다」고한 공감각 이미져리는 참으로 절묘함이 아닐 수 없다.
이로써 조한풍의 리리시즘은 한 중요한 전환점으로서의 〈가야
금 산조〉란 텍스트로써 모더니즘 텍스트 산출에 진입한 것으로
확인된다. 물론 그 반증의 사례는 여타 텍스트로도 확연하지만,
사례로 꼽히는 다음과 같은 발군의 수일한 산문시 〈고로쇠〉와
장시 〈개화〉는 조한풍 시가 리리시즘을 넘어서 모더니즘의 역작
창출에 거뜬히 진입해 있음을 매우 극적으로 예시하는 대비 텍
스트가 된다.

해는 거듭되고 울창해진 고로쇠나무는 우거진 가지의 잎새
로 이웃의 햇살까지 막아버렸습니다. 그리고 후에는 혼자였습

니다. 바람이 불어왔습니다. "웬 가지들이 못 살게 구는거야"
한 줄기에서 뻗어난 숱한 가지, 가지에 돋아난 무수한 잎새,
이쪽 가지는 저 쪽 가지가 바람에 잘려 나가기를 원했습니다.
　바람이 불어 오기를 기다렸습니다.
　아주 거센 바람을 참으로 원했습니다.
　　　　　　　　　　　　　　　　　—〈고로쇠〉 끝 연

　위 텍스트 후말 서브 코다에 극명하게 드러나 있듯 텍스트
〈고로쇠〉의 테마는 삶의 지나친 욕망은 스스로의 파멸을 불러
온다는 우리의 심층 심리, 즉 무의식 세계가 아닌가 하는 점에
있는 듯하다. 프로이드나 융이나 부디즘의 유식사상(唯識思想)
도 우리의 심층 심리를 안이비설신의(眼耳鼻舌身意)를 기초 감
각으로 보고 이 6가지를 기반으로 온갖 욕망의 작태를 부리는
제7마나스(慾望識)와 이 마나스 의식을 컨트롤하는 무의식인
제8아뢰야식(阿賴耶識)이 있다는 것이다. 이 아뢰야식은 우리
의 저러한 모든 욕망의식을 포괄하여 조종하는 힘이 있다하여
함장식(含藏識) 또는 근본식(根本識)이라 하는 바, 위 조한풍의
산문체 서정시 〈고로쇠〉는 저러한 우리 인간의 욕망의식과 근본
식의 균형주의를 지향하는 매우 성공적인 산문시(散文詩 prose
poem)로서 그 성공적인 리듬은 정지용의 〈백록담〉을 연상케 할
정도가 아닌가 한다.
　조한풍의 리리시즘이 위 산문시 〈고로쇠〉에서 그 성공적인 개
화에 이르렀다면 앞서 지적한 텍스트 〈가야금 산조〉에서 예비된
모더니즘 기법의 솜씨가 이룩한 텍스트는 장시 〈개화〉이겠다.

다섯 장으로 나눈 장시 텍스트 〈개화〉는 인간과 우주의 창조 신화를 이른바 포에틱 라이센스에 담은 것이다. 그 언술 내용은 난해하지 않고, 재미있는 조한풍의 새로운 포즈는 우주를 수레로 파악한 점이며, 그의 리리시즘은 결국 모더니즘 기법의 시에서도 여전히 끈적거리는 자양분 구성을 하고 있다는 사실이다.

　　흙은 뜨거움을 다스려
　　간직하려 하고
　　물은 차가움을 이끌어 지니려하는
　　집념의 힘
　　일각의 순간도
　　멈춤이 없는 수레
　　……(中略)
　　사랑과 눈물로
　　담금질하는 가슴
　　빛과 어두움이
　　다시 하나로 끝날 때까지

　　　　　　　　　　　　　―〈개화〉의 부분 셀렉션

　우리가 사는 우주가 「수레」이고 「사랑과 눈물로/담금질하는 가슴」이라는 조한풍 시의 리리시즘과 모더니즘의 조화로운 기법은 그의 이번 첫 시집이 거둔 성과이면서 새로운 조한풍 문학의 지평에 기대를 걸게하는 시인다운 경사라 하겠다.

발간사

작가는 특히 시인은 시대와 아픔을 같이 앓는다. 조개의 속이 앓고 앓다가 한 알의 영롱한 진주를 이루듯이 이땅 우리의 고통과 아픔을 딛고 한 줄의 시는 비명처럼 빛을 발할 수가 있을 것이다. 시인은 애초 신에게 소원을 빌어주는 무당의 존재였었다. 그러나 오늘날의 시와 시인은 시대정신의 절규이며 민족양심의 분노이며 인류의 마지막 등불이다.

이땅에는 참으로 시인이 많다. 물론 시인이 많을수록 좋다. 모든 사람이 시인이 된다면 이 사회는 가장 이상적인 마을이 될 것이다. 시도 많이 쓰고 시집도 많이 나온다. 또 시집이 잘 팔리기도 한다. 참으로 흐뭇한 일이요 자랑스러운 일이다. 그러나 이 시대의 고통을 함께 나누고 이땅의 흙내가 물씬 나는 시인과 시는 드물다.

목청만 높고 메시지만 있고 영혼의 울림이 없는 시, 무슨 주의다 이즘이다 힘겹게 조류에 밀려다니는 시인들, 깃발을 높이 들고 이리저리 몰려다니는 사람들, 그런 것도 없이 주도권 장악에만 부심하는 사람들 이들은 결국 시대의 들러리밖에 서지 못하고 시의 머슴꾼 노릇밖에 못하고 말 것이다. 남이 알아주면 같이 그 길을 가고 알아주는 사람이 없으면 혼자 그 길을 외롭게 걷는 시인, 그러나 어떤 무엇에도 움직이지 않고 흔들리지 않고 꺼지지 않는 이 시대의 등불이 아쉽다.

우리는 그런 시와 시인을 기다리며 〈이땅의 시인〉 시리즈를 기획하여 낸다. 이런 기획이 지속 발전되는 한 이 시대를 넘는 길이 열릴 것이다. 많은 동참과 성원 채찍을 기다린다.

〈이 땅의 시인〉 기획 편집위원회

＊ 약력

　1954년 충남 이곡리에서 태어나 1980년 단국대학교 국어국문학과를 졸업하고, 1982년 〈아동문학 평론〉지에 동시 「숲에서」로 천료되어 문단에 데뷔하였으며, 1997년 〈농민문학〉지에 시 「파종」 외 5편이 시부문 신인상에 당선되었다.
　외국인학교인 한국한성화교 고등학교에서 한국어교사를 역임하고 현재 한국금속공업(주)에서 관리부장으로 재직 중이다.
　한국문인협회 회원, 한국아동문학인협회 회원, 한국농민문학회 감사

　주소　441-113 수원시 권선구 세류3동
　　　　현대아파트 104동 905호
　　　　쉼터 0331-234-6927
　　　　일터 0331-234-0065

이땅의 시인 ③ 조한풍 시집　　　바람의 입술

　　　　　　　　　1999년　5월　10일　초판 인쇄
　　　　　　　　　1999년　5월　15일　초판 발행

　　　　　　　　　지 은 이　조　　한　　풍
　　　　　　　　　펴 낸 이　임　　영　　희
　　　　　　　　　펴 낸 곳　도 서 출 판 **풀 길**

저자와의　　　　등록　1991 제 16-471호
협약아래　　　　주소　서울특별시 강남구 역삼동
인지생략　　　　　　　722-6 만성빌딩 2층
　　　　　　　　　전화　567-9628 FAX 567-9628

＊ 잘못된 책은 바꾸어 드립니다.　　　　　　　　값 5,000원